Lena Corina

Sideliner – Im Zwielicht des Verbrechens

Geschrieben und unter dem Arbeitstitel *Der Student* erstmals
für ein eingeschränktes Publikum im Rahmen der Aktion
#wirschreibenzuhause 2020 veröffentlicht.
Die Erstausgabe erschien 2021 als E-Book unter dem Titel
Sideliner – Im Zwielicht des Verbrechens.

Lena Corina

Im Zwielicht des Verbrechens

Bibliografische Information der Deutschen Nationalbibliothek: Die Deutsche Nationalbibliothek verzeichnet diese Publikation in der Deutschen Nationalbibliografie; detaillierte bibliografische Daten sind im Internet über dnb.dnb.de abrufbar.

2. Auflage 2023
© 2020 Lena Corina
Neuausgabe

Lena Corina
c/o Autorenservice Gorischek
Am Rinnergrund 14/5
8101 Gratkorn
Österreich

E-Mail: write@lenacorina.com
Instagram: @lena.corina.writes
Website: www.lenacorina.com

Lektorat & Korrektorat:
Jana-Maria Hinrichsen | Lektorat Tintenwald
Umschlaggestaltung: Ria Raven Graphicdesign
Layout und Satz: Stefanie Scheurich
Autorenlogo: Marie Graßhoff
Herstellung und Verlag: BoD – Books on Demand, Norderstedt

ISBN: 978-3-7578-4690-9

VORWORT
mit Inhaltshinweis

Der Inhalt dieses Werkes ist rein fiktional, die Handlung sowie die darin vorkommenden Personen, Einrichtungen und Gruppierungen sind frei erfunden und entsprechen nicht der Realität.

Die dargestellten Taten, Meinungen und Intentionen sind die der erschaffenen Figuren und nicht mit denen der Autorin gleichzusetzen.

Die beschriebenen medizinischen, pharmazeutischen und psychologischen Zusammenhänge und Gegebenheiten wurden sorgfältig recherchiert, es besteht jedoch kein Anspruch auf Richtigkeit und Vollständigkeit.

Obwohl alles an dieser Geschichte erfunden ist, behandelt sie real existierende Themen, insbesondere Gewalt und Drogenmissbrauch. Wenn du unsicher bist, ob du diese Kurzgeschichte in deinem derzeitigen mentalen Zustand oder deiner aktuellen Lebenssituation konsumieren willst, wirf bitte einen Blick auf die **Content Note** am Ende des Buches.

Du findest diese Liste auch auf der Website der Autorin: www.lenacorina.com.

Aber Achtung: Spoilergefahr.

Personen unter 18 Jahren wird grundsätzlich vom Lesen dieses Werkes abgeraten.

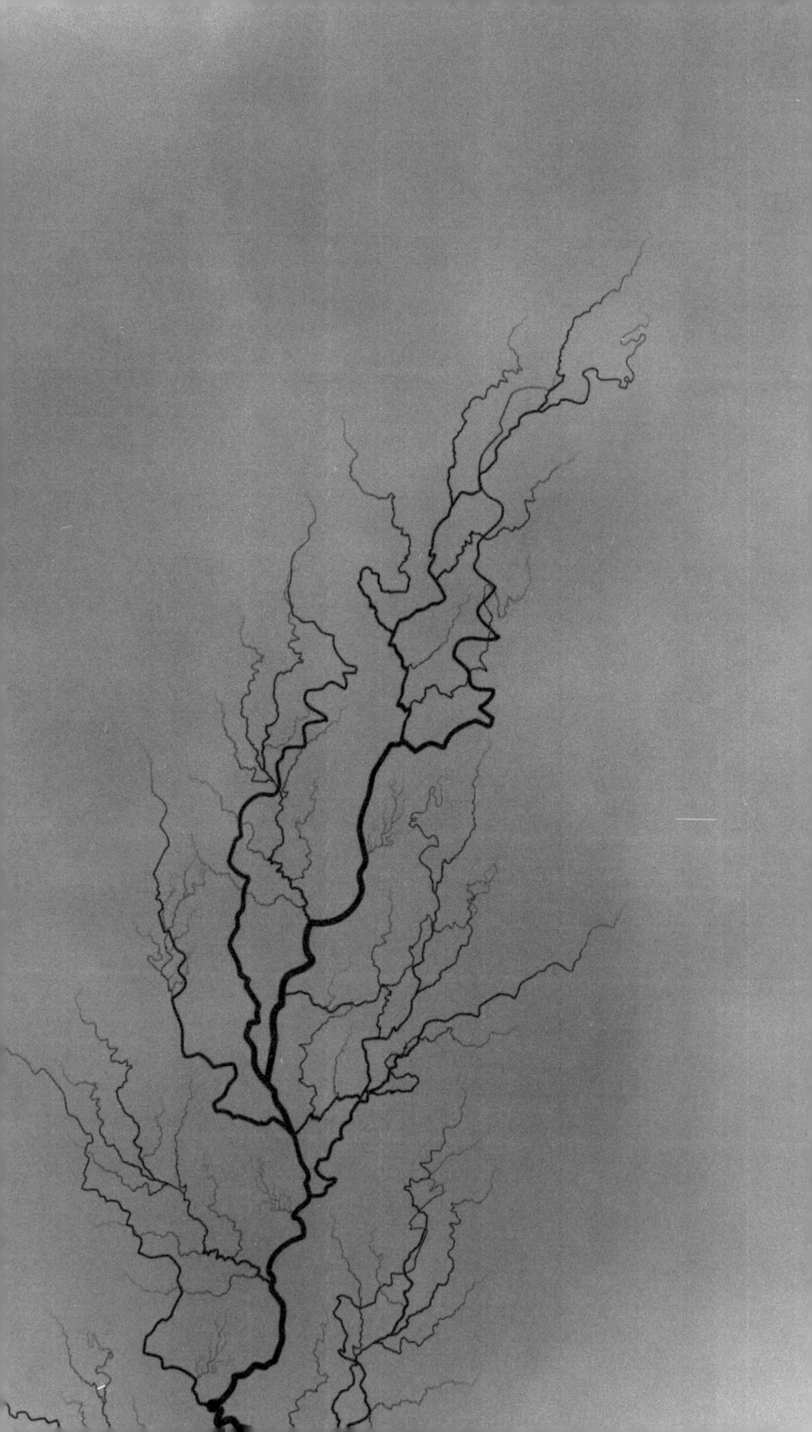

1. NATE

»Du weinst ja gar nicht mehr.« Die Worte brachen zittrig über spröde Lippen, in deren faltigen Mundwinkeln sich der Speichel sammelte. »Na siehst du. Wie schnell du lernen kannst, dich zu benehmen.« Die knochige Hand fuhr nieder, ein weiterer Hieb, gefolgt von sanftem Streicheln. »Ach, hätte ich meine eigene Brut nur auch so erziehen dürfen.« Der Mann lehnte sich zurück, um sich der ausgemalten Idylle einen Augenblick hinzugeben.

Nate wünschte, der Alte möge für immer in seinem Tagtraum gefangen bleiben. Die dürren Knie seines Peinigers stachen ihm in die Rippen, und Nate versuchte, so flach wie möglich zu atmen. *Vielleicht vergisst er dann, dass ich da bin.* Einen Versuch war es wert, auch wenn Nate kaum Hoffnung daran knüpfte. Er fror und wünschte sich nichts sehnlicher, als aufstehen und seine Hose wieder hochziehen zu dürfen. *Wie lange bin ich schon hier?* Es fühlte sich an, als wäre er eine Ewigkeit in diesem dunklen, kalten Raum. Doch der Siebenjährige hatte tatsächlich etwas gelernt. Nicht nur, wie er seine Tränen unterdrückte, sondern auch dass das beinahe liebevolle Streicheln bloß die Ruhe vor dem Sturm darstellte. Sie bot Nate Gelegenheit, sich vorzubereiten. Sich geistig zurückzuziehen.

Die sehnigen Oberschenkel unter ihm spannten sich an, der Alte beugte sich wieder über ihn.

Nate presste die Lider zusammen, atmete tief ein. Er hielt die Luft an. Sein Bewusstsein schien normalerweise untrennbar mit dem Gehirn verwachsen. Verzweigt wie die Krone eines Baumes, dessen Stamm durch seinen Nacken ragte und in den Schultern wurzelte. Jetzt aber kletterte der Junge einen dicken Ast dieses Baumes entlang, immer weiter, bis der Ast in einem dünnen Zweiglein endete, auf dem Nates Füße keinen Platz mehr fanden. Eisern klammerte er die Finger darum, traute sich nicht, ihn loszulassen. Dieser Abstand zum Zentrum der Baumkrone genügte, um seinen Wahrnehmungen den Weg zu erschweren. Sie drangen nur noch gedämpft zu ihm hindurch, wie durch eine Wand aus Moos.

Etwas Raues, Reibendes zog eine Spur warmer

Feuchtigkeit auf seiner Haut, dann folgte das, wovor Nate sich am meisten fürchtete – und der Zweig entglitt seinem verkrampften Griff.

Anna überschlug die Beine, und das leise Knarzen von Leder durchbrach die Stille der Bibliothek. Im Zuge des Empfangs hatte man ihr noch weitere Räume gezeigt. Sie alle verfolgten den Zweck, Wartezeit in Vergnügen zu verwandeln und aufkeimende Zweifel in sorglosem Genuss zu ersticken.

Für einige Eltern trug sicher das bloße Gefühl elitärer Gemeinschaft zum Wohlbefinden bei. Doch nicht für Anna. Sie zog es vor, für sich zu bleiben. Ihre Gedanken verdienten ihre ungeteilte Aufmerksamkeit, nicht das belanglose Geplänkel der anderen. Stumm sprach sie den Wänden, die sie umgaben, ihren Dank aus. Bis unter die hohe Decke gestapeltes Wissen und geistreiche Dichtungen hielten jene fern, die bloß nach kurzlebigen Nichtigkeiten suchten. Anna jedoch brauchte keine Ablenkung – nur Stille.

Sie besann sich auf den Grund, warum sie hier war. Man hatte ihr versichert, dass der gesamte Ablauf einer strengen Kontrolle unterliege und keine – jedenfalls keine langfristig – sichtbaren Verletzungen zugefügt würden. Damit gab es für

Anna nichts, das sie davon abhielt, fortan regelmäßig zu liefern. Mit der enormen Aufwandsentschädigung, die dieses Etablissement bot, war sie schon bald in der Lage, die Fesseln ihrer Ehe zu sprengen.

Anna verabscheute die kurze Leine, an der ihr idealistischer Ehemann sie hielt. Um ihren Charakter zu bewahren, wie er beteuerte. Seine Worte echoten durch ihren Kopf, und sie schnaubte verächtlich. *Wie edel von ihm.* Sie fühlte sich eher wie ein hübsches Schoßhündchen denn seine Frau. Natürlich hatte sie Charles nur seines Geldes wegen geheiratet – doch er gab ihr nicht mehr davon ab als den gesetzlichen Unterhalt, zu dem er verpflichtet war. Und genau deswegen würde sie ihn verlassen.

Bis sie über ihren eigenen kleinen Reichtum verfügte, musste Anna nur Ruhe bewahren und dafür sorgen, dass ihr gemeinsamer Sohn Nate niemandem von dieser Institution erzählte. Oder dem, was darin geschah.

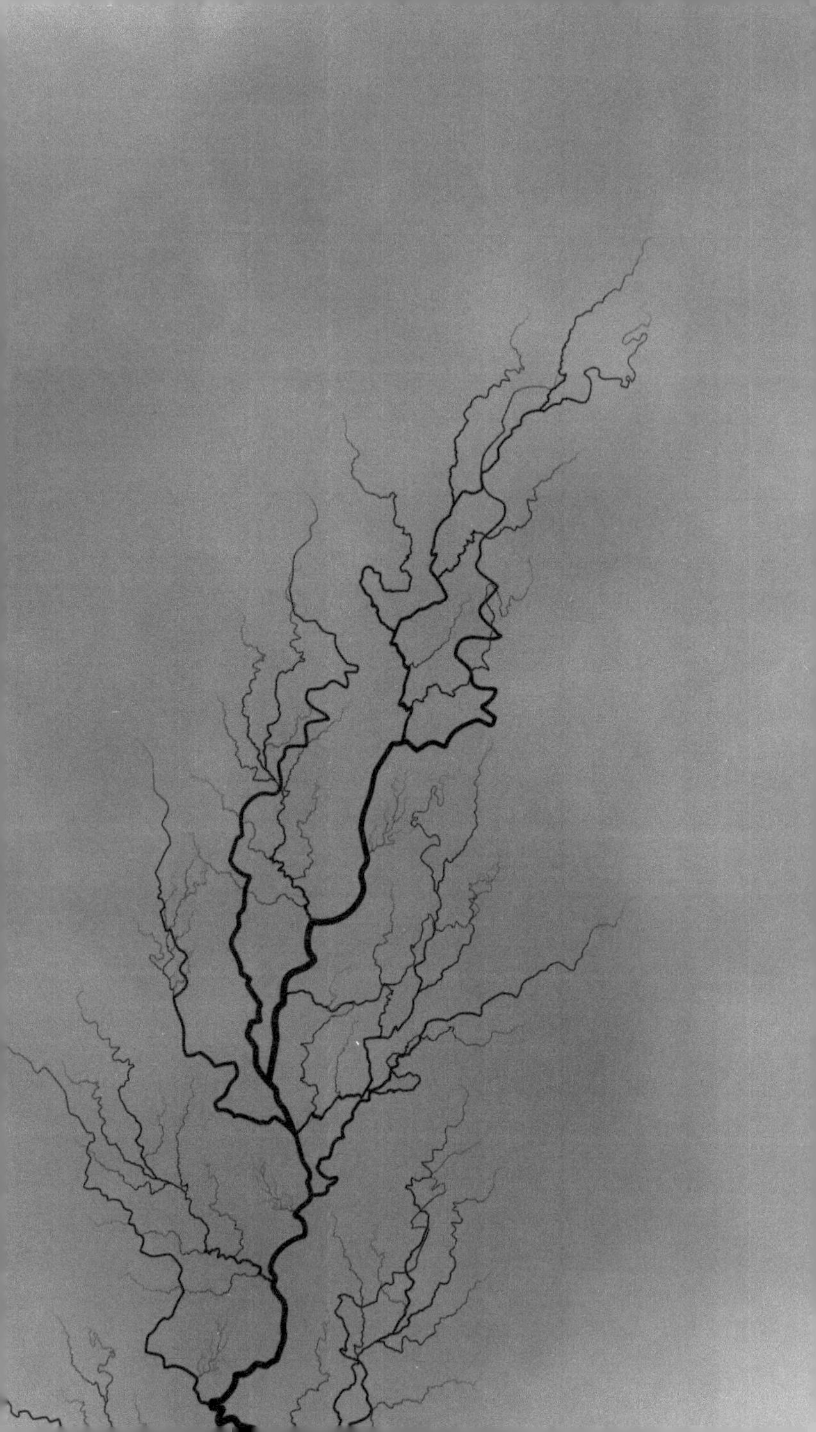

2. JONNY

35 Jahre später

»Also eins, zwei, drei, vier, fünf funktioniert schon mal nicht.«

»Und dein Fingerabdruck?«

Ich nehme mein Handy vom Ohr und starre ungläubig auf Melissas Kontaktfoto auf dem Bildschirm. *Meint sie das ernst?* Es ist schon unvorstellbar genug, dass jemand in meine Wohnung eingebrochen sein soll, ohne irgendwelche Spuren zu hinterlassen. Und das offenbar nur, um ein Smartphone mit roter Gummihülle auf dem Couchtisch zu platzieren. Aber dass sich dieses Handy dann auch noch mit meinem eigenen Fingerabdruck entsperren lassen soll, das ist völlig verrückt.

»Ernsthaft, Mel?«, antworte ich schließlich gedehnt und schneide eine Grimasse.

»Hey, Jonny, ich versuche nur, dir zu helfen«, verteidigt sich Melissa am anderen Ende der

Leitung. »Dir bricht kein Zacken aus der Krone, wenn du es wenigstens mal versuchst, oder?«

Ich seufze. »Warte.« Kopfschüttelnd nehme ich das fremde Handy abermals zur Hand und lege meinen Daumen auf den Home-Button. Was für eine sinnlose Aktion.

Erst geschieht gar nichts. Dann vibriert es und auf dem Bildschirm erscheint die Meldung *Fingerabdruck nicht erkannt*. Da Melissa mich ohnehin dazu nötigen wird, positioniere ich den Daumen neu und drücke etwas fester.

Das Smartphone vibriert erneut, und ein munteres Klick-Geräusch ertönt. Der Sperrbildschirm verschwindet und gibt die Sicht auf das Home-Display frei.

Vor Schreck lasse ich das Gerät beinahe fallen. »Fuck!« Meine Hände beginnen zu schwitzen.

»Was ist?!«, dringt es schrill an mein Trommelfell. »Hat es funktioniert?«

»Ja …« Auf der Suche nach etwas Auffälligem scrolle ich durch die Menüs und Apps. »Hat es.«

»Geil!«

»Nicht im Geringsten. Mel, verdammt, irgendein mieses Arschloch hat meinen Fingerabdruck geklaut!« Sie kann zwar nichts dafür, aber ich bin zu aufgebracht, um meine aufkeimende Panik zurückzuhalten. »Weißt du, was man damit heutzutage alles anstellen kann? Alter, du kannst quasi eine ganze Identität faken. Der Typ war in meiner Wohnung!«

Erst als ich es laut ausspreche, realisiere ich, was das eigentlich bedeutet. Mit einem Mal fühlt es sich an, als krabbelten tausend gefrorene Ameisen meinen Rücken hinauf und bis zu meinem Haaransatz, wo ihr kaltes, stechendes Getrappel mir sämtliche noch so feinen Härchen aufstellt. Ich versuche zu schlucken, doch mein Mund ist plötzlich so trocken, wie meine Hände nass sind. »Wahrscheinlich weiß er einfach alles über mich.«

Melissas nächste Worte höre ich gar nicht mehr. Das rote Handy hat sich nach der Entsperrung automatisch mit dem WLAN in meiner Loftwohnung verbunden und ein paar Mitteilungen abgerufen, auf die ich jetzt fassungslos starre.

»Ich … Ich ruf dich später noch mal an, okay?« Ohne auf Melissas Protest zu warten, lege ich auf und sinke mit weichen Knien auf die Couch.

Hallo Jonny. Du hast den ersten Hinweis gefunden. Gratuliere.

Die dritte und letzte Nachricht beinhaltet nur ein Foto. Es ist ein Selfie, anscheinend mit Blitzlicht in einem ansonsten fast stockdunklen Raum geknipst. Trotz der miesen Bildqualität besteht kein Zweifel, dass der Fotograf nackt ist – ebenso wie der kleine, feingliedrige Körper, der vornübergebeugt seine Kehrseite präsentiert. Doch ich erkenne noch etwas viel Schlimmeres: das Gesicht des Mannes. Zwar ist es am Bildrand abgeschnitten und wirkt um einiges älter, als ich es kenne, aber die Züge sind mir nur allzu vertraut.

Es sind meine eigenen.

Was für eine Scheiße läuft hier? Mir dröhnt der Schädel, und ich spüre das Hämmern meines Herzens an meinen Schläfen.

Es steht natürlich außer Frage, dass das Foto ein Fake und ich keines Verbrechens schuldig bin. Aber wie soll ich das beweisen?

Meine erste Idee, zur Polizei zu laufen und den Beamten das rote Handy zu übergeben, verwerfe ich sofort wieder. Sie würden mir nicht glauben, im Gegenteil: Alles auf dem Handy deutet darauf hin, dass ich der Täter bin. Mir bleibt nichts anderes übrig, als das Smartphone auf eigene Faust nach Spuren seines ursprünglichen Besitzers zu durchforsten. Ich bin zwar kein Informatiker, aber mit Technik kenne ich mich zumindest ein bisschen aus.

Fieberhaft mache ich mich daran, durch Anrufliste, Kontakte, Foto- und Videogalerien sowie den Verlauf des Internetbrowsers zu scrollen. Doch weit komme ich nicht, denn bis auf die beiden Nachrichten und das Selfie sind alle Verzeichnisse leer. Es scheint fast so, als sei das verdammte Gerät nagelneu und, von den wenigen Benachrichtigungen abgesehen, nie benutzt worden.

Die Nebenwirkungen letzter Nacht machen sich jäh bemerkbar und erzeugen ein weiteres Hämmern dicht unter meiner Schädeldecke. Mein Herz stolpert und überschlägt sich. Ich bemühe mich, die Schmerzen auszublenden und rational zu denken. Was kann ich noch tun? Ich muss herausfinden, wem das Handy gehört. Aber was zum Teufel will derjenige von mir?

Ich versuche mich in den Fremden hineinzuversetzen – sofern diese Bezeichnung überhaupt zutrifft. Immerhin ist er in meine Wohnung eingedrungen, ohne die Tür aufzubrechen oder das

Fenster zu demolieren. Und er hat ein Foto von mir geschossen oder zumindest von einem meiner Onlineprofile gestohlen.

Womöglich ist es sogar jemand aus meinem näheren Umfeld. Ja, es erscheint mir immer wahrscheinlicher. Sämtliche meiner Social-Media-Accounts sind privat, ich gewähre nur der Familie sowie meinen wenigen Freunden und Bekannten Einsicht in mein Privatleben.

Wer immer es ist, diese Person hat offenbar freien Zutritt zu meinem Zuhause. Sie hat ein Bild von mir, aufgrund dessen ich schon jetzt mit einem Fuß im Knast stehe. Und sie hat meinen Fingerabdruck, was sich noch viel schlimmer auswirken könnte. Vielleicht ist das hier ja erst der Anfang.

Ich überlege weiter, lese abermals die Nachrichten des Unbekannten durch.

> Ich hoffe, du hast nach der gestrigen Nacht wieder einen klaren Kopf. Überleg dir gut, ob du das wirklich wiederholen willst.

Was meint er damit?

Einmal im Monat genehmige ich mir einen Candyflip, einen Trip auf Basis von psychedelischem LSD, gemischt mit aufputschendem Ecstasy.

Ich weiß, das ist nichts, worauf man stolz sein kann, und ich weiß, ich sollte besser damit aufhören. Besonders da ich mich gar nicht mehr genau daran erinnern kann, warum ich überhaupt damit angefangen habe. Aber der monatliche Flip stellt mittlerweile quasi einen fixen Termin in meinem Kalender dar, so wie gestern Nacht.

Wer immer es auch ist, er kann unmöglich davon wissen.

Die Einzige, die weiß, dass ich gelegentlich Drogen konsumiere, ist Melissa – und das auch nur, weil sie selbst ein Junkie ist. Sie ist eine gute Freundin, doch wir dröhnen uns nie gemeinsam zu. Zu groß ist die Gefahr, uns gegenseitig aufzustacheln und es dann zu übertreiben.

Mel macht außerdem gerade Urlaub in Amsterdam. Sie kann es nicht sein.

Ich versuche es einmal andersherum: Wollte ich jemanden erpressen, würde ich meinem Opfer sagen, was ich von ihm will. Kann es also sein, dass ich … *die Forderung bereits in Händen halte?*

Ich schaue hinunter auf das rote Ding. Ein Handy. Einen einfacheren Weg zu kommunizieren gibt es nicht. Mit rasendem Herzen wähle ich die Nummer, von der die Nachrichten stammen.

Als habe der Unbekannte nur auf meinen Anruf gewartet, nimmt er sofort ab. Die Frage, ob Mann oder Frau, ist mit dem ersten über Stimmbänder und Kehlkopf rasselnden Atemzug am anderen Ende der Leitung geklärt.

»Wer bist du?«, verlange ich zu wissen, nachdem er sich nicht mit Namen gemeldet hat.

»Geh zum Fenster«, antwortet der Unbekannte.

Shit, beobachtet er mich etwa? In abgetragenen Tennissocken schleiche ich zwischen Sofa und Couchtisch hindurch, mein Herzschlag beschleunigt sich weiter. Draußen ist es bereits dunkel, und ich versuche vergeblich, etwas anderes zu erkennen als mein eigenes Spiegelbild in der Scheibe. »Stalkst du mich?«, frage ich wesentlich cooler, als ich mich fühle.

»Ich sehe, was du siehst.« Die Stimme des Mannes kommt mir merkwürdig vertraut vor. Er macht sich nicht einmal die Mühe, sie zu verstellen oder technisch zu verzerren. Fast so, als lege er es darauf an, dass ich ihn erkenne. Doch es fällt mir nicht ein.

Was zum …? Leicht verärgert brumme ich: »Was zur Hölle willst du von mir?«

Der Unbekannte lässt sich nicht aus der Ruhe bringen. Er klingt überlegt, beinahe zufrieden, als er erwidert: »Das ist die richtige Frage, Jonny.«

»Woher hast du mein Foto?«

»Das bist nicht du. Das ist Jack.«

»Wer ist Jack?«, frage ich, obwohl sich irgendwo in meinem Hinterkopf eine schemenhafte Vermutung formt und langsam ausbreitet, wie Spinnenbeine aus schwarzem Nebel.

»Du weißt genau, wer Jack ist. Erinnere dich.«

Das kann nicht sein. »Woher weißt du von ihm?«

»Weil er mein Leben zerstört hat.«

Soll ich jetzt Angst oder einen Lachanfall bekommen? »Jack ist nicht real.«

»Er ist genauso real wie ich.« Es sind nicht seine Worte, die meine Gewissheit bröckeln lassen, es ist sein Tonfall.

Mein Spiegelbild in der Fensterscheibe sieht mich irritiert an. *Das kann einfach nicht sein.* »Bist du sicher, dass wir beide vom selben Jack sprechen?« Bei der Verwendung des Wortes *wir* kehren die Ameisen auf meinem Rücken zurück.

»Ohne jeden Zweifel. Es sei denn, es gibt noch mehr Dämonen, die du befreit hast.«

Ich kann nicht glauben, was ich da höre. Eilig spiele ich den Traum, den ich vor mehreren Monaten hatte, wie einen Film vor meinem inneren Auge ab. Wäre er nicht derart verstörend gewesen, könnte ich mich gar nicht daran erinnern.

Es war die Nacht meines ersten Candyflips. Damals hatte ich die richtige Dosierung noch nicht raus und habe zu wenig Ecstasy genommen. Wie ich in der Zwischenzeit gelernt habe, verliert das Zeug seine Wirkung schneller als LSD, wodurch der Flip ohne dessen euphorisierenden Effekt in einem halluzinogenen Horrortrip enden kann.

Bisher habe ich die Bekanntschaft mit Jack immer für genau das gehalten: eine Halluzination, einen Albtraum.

Doch was, wenn es gar kein Traum war?

Die rauchige Stimme aus dem roten Handy lässt mich zusammenzucken. »Da du nicht antwortest, gehe ich davon aus, dass du dich erinnerst. Gut. Dann hör mir jetzt genau zu: Ich will, dass du Jack wieder einsperrst. Vernichte seine Existenz, und zwar für immer.«

»Und wie soll ich das bitte schön anstellen?« Meine Kopfschmerzen melden sich wieder, stärker als zuvor, und eine leichte Übelkeit steigt in mir auf.

»Überleg dir was! *Du* hast ihn von der Leine gelassen, also bieg es gefälligst auch wieder hin. Du hast bis morgen früh, acht Uhr, Zeit.«

Ein Ultimatum? »Was, wenn ich es nicht rechtzeitig schaffe?«

Zum ersten Mal lässt sich der Fremde Zeit mit seiner Antwort. »Dann muss ich dich auslöschen.« Sein Unterton birgt keinen Zweifel an seiner Ernsthaftigkeit.

Angst schließt sich wie die Klaue eines riesigen Ungeheuers um meine Eingeweide und droht, sie in ihrer Umklammerung zu zerquetschen.

»Warum?« Banal, aber das Einzige, was mir einfällt. *Warum ich?* Ich verstärke den Griff um die rote Gummihülle, damit das Handy meinen zitternden, schweißnassen Fingern nicht entgleitet.

»Weil es keinen anderen Weg gibt.«

Die erste Träne der Verzweiflung bahnt sich ihren Weg durch meinen unteren Wimpernkranz.

»Bitte gib dir Mühe. Ich würde dich nur ungern verlieren.«

Erst eine Morddrohung und dann eine Sympathiebekundung? Das ist mir zu viel. Meine inneren Schaltkreise überhitzen, mein Kreislauf kollabiert. Plötzlich dreht sich alles um mich herum. Die nackten Backsteinmauern meines Lofts werden in einem Strudel aus Farben in die Dielen des dunklen Fußbodens gezogen. Alles neigt sich wie in einem Sturm auf See. Ich bekomme gerade noch den Mülleimer zu fassen, ehe ich auf die Couch falle. Schwarze Schleier dringen in mein

Sichtfeld und verengen es immer weiter. Mir ist heiß, mein Schweiß eiskalt. Ich würge, obwohl die Leere meines Magens bis hinauf in meinen Rachen gähnt, und umklammere fest den Rand des Eimers, als könne er mich davor bewahren, das Gleichgewicht zu verlieren.

Vergebens. Mein geschwächter Körper knipst mir das Licht aus, ehe mein Gesicht auf die Armlehne knallt.

Als ich meine schweren Lider hebe, fällt schwaches Tageslicht durch die hohen Fenster. Panisch sehe ich auf das Imitat einer alten Bahnhofsuhr an der Wand. *Was?! Sieben Uhr morgens?* Sofort beginnt mein Herz erneut zu rasen, und ich bin hellwach. Vielleicht habe ich das alles ja nur geträumt?!

Ein Blick auf den Couchtisch erstickt all meine Hoffnungen im Keim. Dort liegt es. Das rote Handy. Ich nehme es und sehe mir noch einmal das Foto an, das der unbekannte Erpresser mir geschickt hat. Die Übelkeit steigt wieder in mir auf, doch ich schlucke sie hinunter.

Angenommen das Foto ist tatsächlich echt – wer ist es, den es zeigt? Kann es wirklich Jack sein?

Ich überlege, versuche fieberhaft, mich zu erinnern.

Mir bleibt nur noch eine Stunde.

Wenn es stimmt, was der Unbekannte sagt, und Jack dessen Leben zerstört hat, dann muss er real sein. Nur: Wie soll ich innerhalb einer Stunde jemanden finden, von dem ich bisher gar nicht wusste, dass er existiert?

In meinem Hinterkopf formt sich eine ziemlich waghalsige Idee. Doch mir fällt kein anderer Weg ein, in so kurzer Zeit eine Lösung für das schier Unmögliche zu finden. Keiner außer dem, meiner Gehirnleistung chemisch auf die Sprünge zu helfen.

Das LSD wird so kurz nach meinem letzten Trip wohl nur eine sehr geringe Wirkung erzielen, deshalb muss ich es höher dosieren, was ein gewisses gesundheitliches Risiko birgt. Innerlich lache ich sarkastisch. Ich schätze es als vernachlässigbar ein im Vergleich zu der Alternative, die der Unbekannte mir in Aussicht gestellt hat: den unmittelbar bevorstehenden Tod.

Ich tapse zur Kommode in der hinteren Ecke des Wohnzimmerbereichs, öffne die unterste Schublade und ziehe einen flachen, in Alufolie gewickelten Gegenstand unter dem doppelten Boden hervor. Als ich damit zur Couch zurückkehre, fällt mein Blick beiläufig auf mein eigenes Handy, das ich anscheinend irgendwann stumm gestellt habe. Melissa ruft an. Ich ignoriere sie und setze mich. Vier verpasste Anrufe. Offenbar hat sie schon mehrmals versucht, mich zu erreichen. Aber ich kann jetzt nicht. Wenn ich das hier überlebe, rufe ich sie zurück. Versprochen.

Auf der zerkratzten Oberfläche des Tisches entferne ich die Alufolie und hole das Blotter hervor, ein buntes Kunstwerk auf Löschpapier, in dem mehrere etwa fünf Quadratmillimeter große Tickets eingestanzt sind. Einige fehlen bereits, sodass das Bild merkwürdig abgenagt aussieht.

Ich breche mit geübten Bewegungen mehrere Plättchen heraus und lege sie auf meine Zunge. Normalerweise dauert es zwanzig bis fünfundzwanzig Minuten, bis die Wirkung bei mir einsetzt, aber vielleicht kann ich den Prozess ein wenig vorantreiben, wenn ich mich stark darauf konzentriere.

Während ich die Tickets auf meiner Zunge zergehen lasse, setze ich mich in den Schneidersitz und schließe die Augen. Früher habe ich mal Yoga ausprobiert. Auf Dauer hat es mir keinen Spaß gemacht, doch nun versuche ich, mich an die Worte unserer Trainerin zu erinnern. *Durch die Nase einatmen, der Bauch hebt sich … Durch den Mund wieder ausatmen, die Brust senkt sich …*

Ich hatte mal einen Traum von einem Mann, der genauso aussah wie ich, nur etwas älter. Abgesehen vom Aussehen hatten wir nichts gemeinsam. Ich empfinde mich als ruhigen, introvertierten Nerd im vorletzten Semester seines Psychologiestudiums. Jack hingegen ist ein sadistisches Schwein. Er versteht es, Menschen zu manipulieren und sie dazu zu bringen, ihm zu geben, was er will. Das Schlimmste aber ist: Er nutzt diese Fähigkeit, um sich Kindern zu nähern, die er auf abscheuliche Weise begehrt. Für mich symbolisiert er das absolute Böse.

»Hallo Jonny«, höre ich plötzlich eine tiefe, raue Männerstimme sagen. Sie ähnelt der meines Erpressers derart, dass ich erschrocken die Augen aufreiße.

Das Display des roten Handys ist weiterhin schwarz.

»Ich bin hier.«

Fieberhaft sehe ich mich nach einer zweiten Person um, aber der Raum ist leer.

»Hier, in deinem Kopf.«

Das kann nicht sein. Das ist einfach unmöglich.

»Nichts ist unmöglich.«

Es ist erstaunlich: Die Stimme unterscheidet sich nur in der härteren Aussprache von der des

Unbekannten. Dennoch. Ich habe nichts gesagt. Nur gedacht. Die Ameisen sind zurück. Gemeinsam mit der Angst kriechen sie nun in meinem Inneren empor. Sorgenvoll werfe ich einen Blick auf die Bahnhofsuhr. Sieben Uhr sechsunddreißig. Viel Zeit bleibt mir nicht mehr. Schon gar nicht für falsche Scheu.

Ich schlucke den Kloß in meinem Hals hinunter, nehme all meinen Mut zusammen und spreche die beängstigende Stimme in meinem Kopf nun direkt an: »Wer bist du?«

Sie bestätigt meine schlimmste Befürchtung: »Ich bin Jack.«

»Was willst du von mir?«

»Ich will gar nichts. Du hast mich doch gerufen. Hast du mich etwa schon vermisst?«, entgegnet Jack, wobei der letzte Teil perfide süffisant klingt. »Es ist ja sehr viel früher als erwartet.«

»Früher als erwartet?«, wiederhole ich ungläubig.

»Ach, Jonny-Boy. Stell dich nicht dümmer an, als du bist. Du wirst doch nicht unsere kleine Abmachung vergessen haben?«

Ich erinnere mich verschwommen daran, dass es in meinem vermeintlichen Traum so etwas wie eine Übereinkunft gegeben hat. *Aber das ist nicht wirklich passiert!*

»Doch, ist es. Wobei ich zugeben muss, dass ich dich … Na ja, ich verwende nur ungern das Wort *gezwungen*, aber … Sagen wir mal, ich hatte sehr überzeugende Argumente«, erklärt Jack selbstgefällig.

Vor meinem inneren Auge sehe ich ihn diabolisch grinsen. »Wovon redest du? Wozu hast du mich gezwungen?«

Jack seufzt verächtlich. »Hast du mir nicht zugehört? Zu einer Abmachung gehören immer zwei, vergiss das nicht.« Sein bedrohlicher Tonfall beschert mir eine Gänsehaut.

»Okay, okay, ist ja schon gut!«, beschwichtige ich ihn und gestikuliere dabei abwehrend mit den Händen, wobei ich nicht sicher bin, ob er das überhaupt sehen kann. »Also … Was haben wir abgemacht?«

»Du *willst* dich einfach nicht erinnern, oder?« Jack braust mit einem Mal auf, die ruhige Berechnung für ein paar Sekunden völlig vergessen. »Ich helf dir mal auf die Sprünge: Unser Deal lautet, dass du dich einmal im Monat ordentlich wegballerst, damit ich für die Dauer deines Trips die Kontrolle habe und ungestört meinem … Hobby frönen kann.« Seine Betonung klingt ekelerregend arrogant, als sei er auch noch stolz auf das, was er tut.

»Was? Warum sollte ich mich auf so einen Pakt einlassen?«, wehre ich ab. »Warum sollte ich einem pädophilen Sadisten die Kontrolle überlassen?! Dann wäre ich mitschuldig an deinen Taten!«

»Ich übergehe diese Beleidigung einfach mal, weil ich ein Gentleman bin.« Die Kälte in Jacks Stimme lässt das Blut in meinen Adern gefrieren. Ich täte wohl gut daran, ihn kein zweites Mal zu verärgern. »Dabei warst es sogar *du*, der das alles vorgeschlagen hat, Jonny«, fährt er fort. »Du wolltest dein langweiliges Leben in Ruhe weiterleben. Und das kannst du dank unserer kleinen Abmachung auch. Bis auf einen verdammten Tag im Monat, der mir gehört. Meiner Meinung nach bin ich da mehr als großzügig, also treib es lieber nicht zu weit.«

Ich verstehe immer noch nicht, und leider ist mein leichtfertiges Mundwerk schneller als mein Hirn. »Was, wenn ich einfach mit den Drogen aufhöre und mein Leben an jedem einzelnen Tag lebe, vollkommen ohne dich?«

Ein feindseliges Brummen lässt mein Trommelfell vibrieren. »Weil ich dich in einem schwachen Moment jederzeit überwältigen könnte, Jonny-Boy. Ich brauche die Drogen nicht, um die Barriere zu überwinden. Sie machen es nur einfacher für mich.«

Allmählich begreife ich. Ohne die Vereinbarung wüsste ich nie, wann er an die Oberfläche tritt. Es könnte jederzeit und überall passieren. Mit einem Schaudern erkenne ich die Ausweglosigkeit, in der ich mich befinde.

»Klingt verlockend, ich weiß«, kommentiert Jack meine Gedanken trocken.

Ich werfe einen weiteren Blick auf die Bahnhofsuhr. Sieben Uhr dreiundfünfzig. Meine Frist läuft ab.

»Ich kann das nicht mehr länger zulassen«, verkünde ich in einem Anflug von Heldentum, doch meine Entschlossenheit weist Lücken auf. Will ich nicht in ständiger Angst vor dem blanken Bösen in mir leben, muss ich bis in alle Ewigkeit Drogen nehmen, um es im Zaum zu halten. Gleichzeitig habe ich aber zu verantworten, was das Ekel an seinem *freien Tag* da draußen verbricht.

Immer noch körperlich geschwächt und völlig verwirrt, beschränkt sich mein rationales Denkvermögen auf einen Korridor, an dessen Ende nur zwei Möglichkeiten auf mich warten: diese und jene, die mir gestern Abend vorgestellt worden ist. *Wäre es vielleicht nicht sogar besser, das Ultimatum ablaufen und sich umbringen zu lassen?*

»Was?!«, reißt Jacks plötzlich aufgebrachte Stimme mich aus meinen Gedanken. »Welches Ultimatum meinst du?«

Natürlich, er hat alles gehört.

Ich beschließe, wenigstens zu versuchen mein Leben zu retten, und setze mein ganzes Glück auf eine Karte. »Ich werde bedroht«, beginne ich mit zittriger Stimme. »Jemand erpresst mich. Mit einem Foto von dir, auf dem du mit einem Kind zu sehen bist. Ich will gar nicht wissen, was du mit ihm gemacht hast – aber ihr seid beide nackt.«

»Und? Ich warte schon lange auf ein wenig Anerkennung für meine Eroberungen. Wer weiß, vielleicht finde ich dadurch ein paar Freunde, die mein Hobby teilen.«

»Du verstehst nicht! Derjenige, der mir das Scheißfoto geschickt hat, behauptet, du hättest sein Leben zerstört. Er will, dass ich dich vernichte!«

Jack lacht. »Und wie hast du vor, das anzustellen?«, fragt er amüsiert.

»Ich weiß es nicht«, gebe ich zu. *Er kann nicht so abgrundtief böse sein, wenn er –* mich widert sogar der Gedanke daran an *– irgendwie ein Teil von mir ist. Es muss doch eine gute Seite an ihm geben.*

»Schmeichelhaft, dass du das denkst«, meint Jack, doch es klingt nicht besonders vertrauenerweckend.

»Was passiert, wenn du mich nicht *vernichtest*?«, fragt Jack und betont das letzte Wort derart unheilvoll, dass es schon wieder lächerlich wirkt.

»Dann bringt der Erpresser *mich* um.«

Einen Moment herrscht Stille in meinem Kopf, nur das Ticken des Sekundenzeigers an der Bahnhofsuhr hallt laut in meinen Ohren wider. Offenbar wägt Jack seine Optionen ab.

Ich hoffe auf das Beste.

»Also lass mich das kurz zusammenfassen: *Ich* soll freiwillig verschwinden, am besten für immer. Andernfalls wirst *du* getötet. Vielleicht. Von einem mysteriösen Unbekannten, der dir *ein Foto* geschickt hat … Schon mal darüber nachgedacht, ob derjenige einfach nur blufft?«, fragt Jack gelangweilt, als würde er mir zum hundertsten Mal das Einmaleins erklären.

Ich zögere, weil ich ahne, worauf das hinausläuft. Doch meine Verzweiflung nimmt überhand. »Bitte«, flehe ich. »Hilf mir. Verschwinde einfach! Quäl jemand anderen!« Meine Stimme bricht am Ende.

»Oh, wie süß. *Bitte*. Wann habe ich das zum letzten Mal gehört? Ach ja, gestern, als ich dieses kleine, blonde Mädchen … hmm … Du kannst es dir bestimmt vorstellen.« Jack seufzt verträumt, und ich höre ein schmatzendes Geräusch, als würde er sich genüsslich über die Lippen lecken. »Leider kann ich nur in *deinem* Kopf leben. Vermutlich will der Erpresser dich deshalb töten. Aber weißt du was? Ich lasse es darauf ankommen. Meine Antwort lautet NEIN.«

Ich sacke in mich zusammen. Das war's also mit meiner letzten Hoffnung. Sie geht dahin wie das bisschen Zeit, das mir noch bleibt.

Das Vibrieren des roten Handys lässt mich hochschrecken. Das Display zeigt acht Uhr. Mein Mörder in spe ist pünktlich.

Ich hebe ab.

»Und? Bist du Jack losgeworden?«, fragt er ohne Umschweife.

»Ich hab's versucht«, antworte ich wahrheitsgemäß. »Aber er weigert sich.« Es hätte wohl ohnehin keinen Sinn zu lügen.

»Jonny?«, verlangt Jack indes nach meiner Aufmerksamkeit.

»Was ist?«, entgegne ich gehetzt.

»Ich will dich ja nicht vom Telefonieren abhalten«, bekundet er mit übertriebener Höflichkeit, »aber ich merke schon die ganze Zeit, dass du ein bisschen mehr von dem bunten Wundermittel genommen hast als üblich.« Er macht eine theatralische Pause. »Ich wollte mich nur versichern, ehe ich das ausnutze … Du willst unseren Deal wirklich brechen, oder?«

Der Unbekannte am Handy ist noch nicht fertig. »Also existiert er noch?«, vergewissert er sich.

Ich klammere mich an die letzte Chance, mein Leben zu retten. »Ja. Aber ich werde keine Drogen mehr nehmen, ich verspreche es. Ich werde stark bleiben und ihn für immer eingesperrt lassen.«

»Gut, das beantwortet meine Frage«, frohlockt Jack daraufhin in meinem Kopf.

Meine Nackenhaare stellen sich auf. Ich habe gerade einen kolossalen Fehler gemacht.

Das letzte bisschen Freundlichkeit weicht aus Jacks Stimme. »Dann muss ich mich auch nicht mehr daran halten.«

Plötzlich bewegt sich mein Körper gegen meinen Willen.

»Du bist gerade geistig und körperlich angeschlagen. Ich kann es spüren«, erklärt Jack. »Jetzt zeige ich dir mal, wie man meine Lieblingsmittelchen richtig dosiert.«

Ich stehe auf, als wäre ich in Trance, und kann nur dabei zusehen, wie meine Beine mich erneut zu meinem Drogenversteck tragen. Ohne es zu wollen, hole ich diesmal auch die kleinen Ecstasy-

Pillen hervor und schreite unangemessen motiviert zur Couch zurück. Meine Hände bereiten mit fremdartigen Bewegungen einen Candyflip vor, der mich wahrscheinlich für mehrere Tage außer Gefecht setzen wird – sofern ich ihn überhaupt überlebe.

»Bist du bereit, Jonny-Boy?«, fragt mich Jack voll bösartiger Vorfreude.

Ich antwortete nicht.

Der Unbekannte am Telefon hat sich nach einigem Nachdenken offenbar entschieden: »Darauf kann ich mich nicht verlassen.« Er seufzt. »Tut mir leid. Du bist ein netter Kerl, Jonny. Aber Jack muss verschwinden. Koste es, was es wolle.«

Jack hat die Stimme durchs Telefon ebenfalls gehört. Als er in meinem Kopf antwortet, spüre ich sein teuflisches Grinsen auf meinen Lippen. »Das werden wir ja sehen.«

Meine Finger legen ungestüm die Pillen in meinen Mund. Ich versuche mich am Schlucken zu hindern, doch ich habe keine Kontrolle über meinen Rachen. Hilflos muss ich miterleben, wie mein eigener Körper mir entfremdet wird, und ein paar Tränen rollen aus meinen Augenwinkeln. Dann wird es schwarz um mich herum.

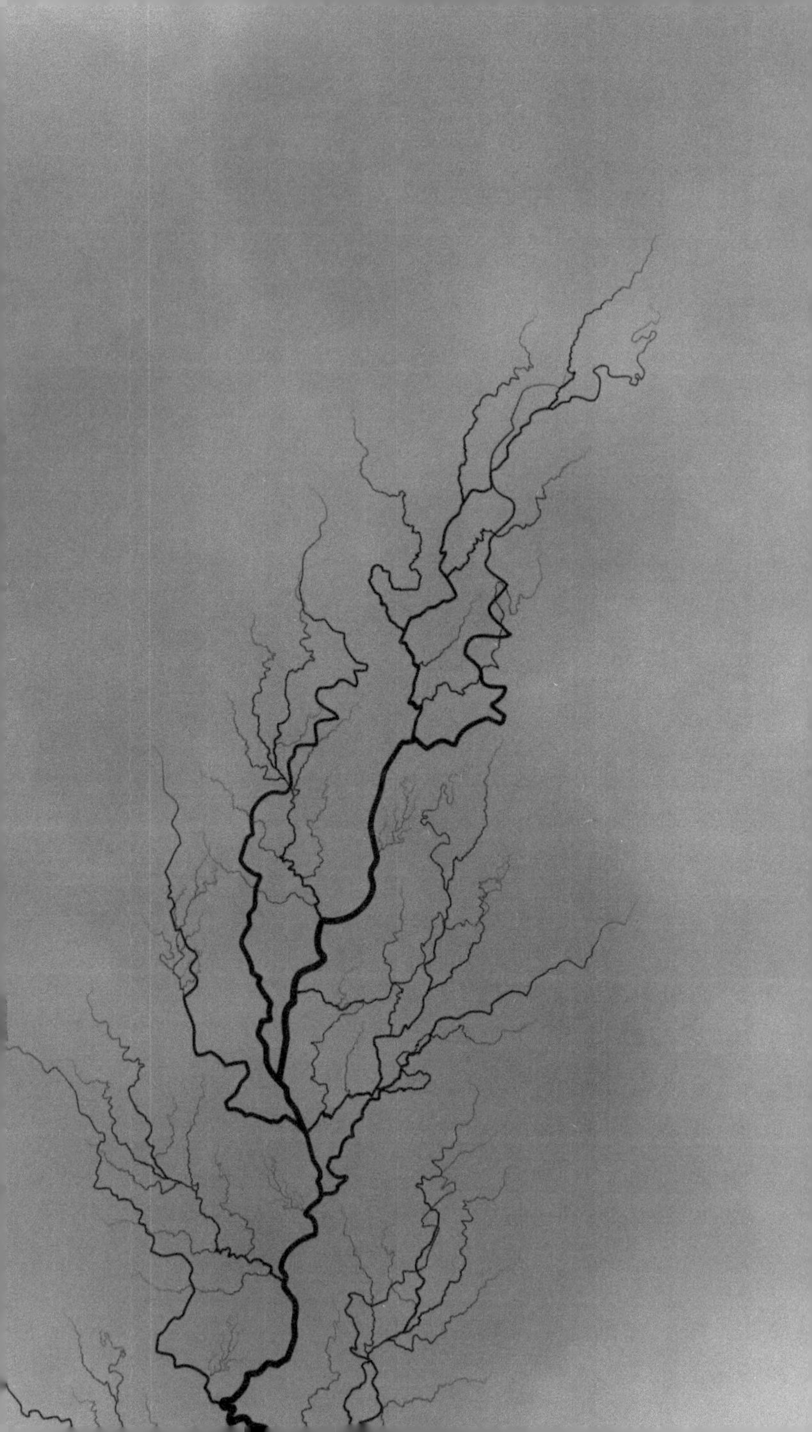

3. JONATHAN

Charles schloss das manuskriptartige Tagebuch seines Sohnes und legte es zurück auf Dr. Untersees gläsernen Schreibtisch. Die für ihre Stellung viel zu jung wirkende Leiterin der psychiatrischen Klinik saß ihm gegenüber und hatte ihn beim Lesen nur still beobachtet.

Tränen standen Charles in den Augen, als er sie ansah, und seine Stimme klang belegt. »Das ist unfassbar.«

»Das ist es in der Tat«, bestätigte Dr. Untersee. »Ihr Sohn hat offenbar versucht, seine dissoziative Identitätsstörung selbst zu therapieren. So etwas ist mir in meiner ganzen Laufbahn noch nicht untergekommen.« Ihre fachliche Begeisterung über den neuen Patienten konnte sie kaum verbergen. »Laut den polizeilichen Aussagen seiner Nachbarn hat Jonathan sein Penthouse wochenlang nicht verlassen. Aufgrund seines Tagebuchs vermute ich, dass er in dieser Zeit tage-, stunden-, oft sogar minutenweise zwischen seinen Identitäten hin- und hergesprungen ist. Den Switch zwischen dem Host, also seiner Hauptpersönlichkeit, und seinen Alters, den anderen Teilidentitäten, zu kontrollieren, ist nahezu unmöglich. Umso genialer ist es, ein scheinbar fremdes Handy zu platzieren, um die andere Identität zur Kommunikation zu verleiten – auch wenn sich das eigentliche Telefonat dann vermutlich doch nur geistig abgespielt hat.«

»Wenn mein Sohn so bemerkenswerte Fähigkeiten hat … wieso sitzt er dann jetzt speichelnd im Rollstuhl?« Mit einer Mischung aus Wut und Verzweiflung blickte Charles auf den Mann, der teilnahmslos neben ihnen saß, sein starrer Blick vollkommen leer.

Dr. Untersee war bewusst, dass Charles' anklagender Ton zum Teil berechtigt und sie mit ihrer Euphorie wohl ein wenig zu offen umgegangen war. Sie versuchte zur sachlichen Ebene zurückzukehren. »Sie müssen wissen, dass bei so einer Störung verschiedene Identitäten für verschiedene körperliche Fähigkeiten zuständig sein können. Die Alters, also die Nebenidentitäten ihres Sohnes, haben sich scheinbar im Laufe seines Lebens nach und nach abgespaltet. Eine, als er während seines Studiums mit den Drogen angefangen hat, eine, als er mit sechsunddreißig seine Praxis eröffnet hat. Gemerkt haben dürfte er es aber erst, als seine Frau – Sie sagten Sabrina, richtig? – sich wohl deshalb vor einigen Monaten von ihm scheiden ließ.«

»Und Sie haben wirklich alles versucht, um sie zu erreichen?«, erkundigte sich Charles.

»Das haben wir. Sie hat klar und deutlich gemacht, dass sie nichts mit dieser Sache zu tun haben will.«

»Aber womöglich könnte sie helfen!«, beharrte der gebürtige Brite. »Vielleicht weiß sie irgendwas. Etwas, das für die Genesung nützlich sein könnte.«

»Wir können Jonathans Ex-Frau leider nicht zwingen, mit uns zu kooperieren.« Dr. Untersee zog mitfühlend die gezupften Brauen hoch. »Wie viel oder wenig sie auch über seine psychische Situation gewusst hat, sie muss fürchterlich darunter gelitten haben. Das war offenbar Jonathans Motivation, Jack zu eliminieren. Ob Sabrina ihm geglaubt hätte, wäre er erfolgreich gewesen, ist eine andere Geschichte. Ich meine: Mehrere Identitäten in nur einer Person? Die sich nicht an die Handlungen der jeweils anderen erinnern? Selbst ich muss zugeben, dass so etwas nur schwer zu verstehen ist.«

»Aber warum hat er diesen Jack-Teil nicht einfach direkt ausgelöscht?«, fragte Charles. »Warum musste er sein Jugend-Ich gleich mit in den Abgrund stürzen?«

»Er musste Jonny benutzen, weil seine Drogenerfahrungen Jack überhaupt erst den Weg an die Oberfläche geebnet haben. So, wie Ihr Sohn es beschreibt, hatte er Jonny durch die vermeintlichen Telefonate tatsächlich an der Leine. Leider hat er es am Ende nicht geschafft, nur Jack auszuschalten.«

Charles sah Dr. Untersee völlig fassungslos an. Für ihn klang das alles viel eher nach einem dieser abgedrehten, neumodernen Psychothriller als nach der blanken Realität.

»Verstehen Sie, worauf ich hinauswill? Jack baut auf Jonny auf. Ihr Sohn bekam Jack jedoch nicht zu fassen. Er musste Jonny, eine elementare Teilidentität, vernichten, um Jack loswerden zu können. Er musste das Übel an der Wurzel packen.«

»Also war der unbekannte Erpresser, dem das rote Handy gehörte …«, begann Charles nachdenklich, und Dr. Untersee beendete seinen Satz: »Jonathan selbst. Der zweiundvierzigjährige Kinderpsychologe, der vor Kurzem geschieden wurde. Seine Hauptidentität. Sein wahres, altersgemäßes Ich, sozusagen.«

Charles saß nach wie vor wie versteinert da, sichtlich überfordert mit der Situation.

»Das Problem ist«, fuhr Dr. Untersee fort, in dem Versuch Klarheit zu schaffen, »dass eines der beiden Alter Egos, also entweder Jack oder Jonny, offenbar auch die Verantwortung für seine motorischen Fähigkeiten trug. In seinem derzeitigen Zustand können wir aber nicht einmal sagen, welches von beiden.« Sie warf einen Blick zu Jonathan, der sich weiterhin keinen Millimeter bewegte.

Charles zog machtlos die Brauen hoch und legte dabei die Stirn in tiefe Falten. »Können Sie ihn denn nicht irgendwie … aufwecken?«

»Um Ihnen diese Frage zu beantworten, muss ich zunächst erklären, dass die dissoziative Persönlichkeitsstörung fast immer einen Auslöser hat, meist ein traumatisches Erlebnis in der Kindheit.« Dr. Untersee sah ihm nun tief in die Augen. »Seelischen Schmerz«, verdeutlichte sie. »Oder auch körperlichen. Sehr oft hervorgerufen durch Missbrauch. Ihr Sohn könnte tatsächlich aufwachen, wenn wir diesen Schmerz erneut stimulieren. Welche seiner Identitäten dann zurückkehrt, ist jedoch ungewiss.«

Charles beugte sich etwas vor. »Was genau wollen Sie mir damit sagen?«

Dr. Untersee kam ihm ebenfalls ein Stück entgegen. »Möglicherweise wäre Ihr Sohn wieder so, wie Sie ihn kannten«, erklärte sie und hob die rechte Hand wie eine Waagschale auf Brusthöhe vor sich. »Ebenso wahrscheinlich aber«, fuhr sie fort und hob die linke, »könnte sein Schmerz Jonny oder Jack auf den Plan rufen.« Sie ließ die Hände wieder sinken. »Können Sie sich das vorstellen? Ihr Sohn würde denken, er sei immer noch Student, wäre jedoch im Körper eines Zweiundvierzigjährigen gefangen.«

»Das wäre natürlich bedauerlich und eine schwierige Situation. Für uns alle«, bekräftigte Charles. Argwohn in seiner Stimme mischte sich zu Unverständnis in seiner Mimik. »Aber dennoch erschiene mir ein solches Missverhältnis wesentlich lebenswerter als der Zustand, in dem er sich jetzt befindet.«

»Selbstverständlich.« Dr. Untersee gestikulierte beschwichtigend, und ihr Blick verhärtete sich etwas. »Doch die andere Variante wäre noch bedauerlicher: Er wacht als pädophiler Missbrauchstäter auf, dessen einziges Zuhause ein Gefängnis sein kann.«

Charles wich zurück, sodass sein Kreuz die Stuhllehne berührte, und die Züge der jungen

Klinikleiterin erhellten sich zu einem angedeute-
ten Lächeln.

»Ich bin auf Ihrer Seite«, versprach sie. »Nur
möchte ich nichts dergleichen versuchen, solange
ich nicht mit Sicherheit weiß, wodurch Jonathans
Störung ausgelöst wurde.«

Charles sah sie zwar weiterhin an, doch sein
Blick ging durch sie hindurch. Es schien nicht
so, als habe er ihr folgen können. Er war selbst
Professor, hielt sich für einen äußerst scharfsin-
nigen Mann. Doch Psychologie und Medizin im
Allgemeinen lagen fernab seines Fachgebiets: der
Kunst und ihrer Geschichte.

»Und Sie können sich wirklich an nichts erinnern?«, versuchte Dr. Untersee das Gespräch in
eine andere Richtung zu lenken. »Irgendein traumatisches Erlebnis in seiner Kindheit?«

Charles seufzte, und sein Blick kehrte zurück
zu ihr. »Nein, wie gesagt: Sie können mich an jeden
Lügendetektor der Welt anschließen, ich habe
meinen Sohn nie angerührt.«

»Ich glaube Ihnen natürlich«, versicherte Dr.
Untersee behutsam.

»Und auch sonst weiß ich nichts. Seine Mutter
Anna ist eines Tages einfach verschwunden. Da
muss Nate etwa acht Jahre alt gewesen sein. Ich

habe nur durch ihren Scheidungsanwalt erfahren, dass sie überhaupt noch lebt. Zugegeben, sie und Nate hatten nie ein besonders liebevolles Verhältnis. Manchmal denke ich, sie sah ihn eher als eine Art Bürde denn als Geschenk. Da klaffte immer eine gewisse Distanz. Aber dennoch hätte sie niemals ihr eigenes Kind missbraucht. Das kann ich mir einfach nicht vorstellen.« Er verzog das Gesicht. »Ich *will* es nicht.«

»Ich verstehe«, antwortete Dr. Untersee und bemühte sich, ihre fachlich bedingte Enttäuschung zu verbergen.

Charles sah seinen Sohn eine Weile an. Erneut liefen Tränen über seine faltigen Wangen. Er machte sich aber nicht mehr die Mühe, sie wegzuwischen. Die Erklärung für Jonathans Zustand stellte bislang einen gedanklichen Knoten in Charles' Hirn dar, den zu entwirren er erst zu Hause versuchen würde. Doch er hatte verstanden, dass er derzeit nichts für seinen kleinen Nate tun konnte. »Geben Sie mir Bescheid, falls sich etwas an der Lage ändert, ja?«, vergewisserte er sich, ohne den Blick von Jonathan abzuwenden.

»Selbstverständlich. Nur, bitte, machen Sie sich keine falschen Hoffnungen.« Die Klinikleiterin klemmte ihre gefalteten Hände zwischen die

Schenkel, während sie sich noch einmal etwas vorlehnte, und sprach die nächsten Worte so behutsam wie möglich aus: »Es kann sein, dass Ihr Sohn nie wieder ansprechbar sein wird.«

Charles' Schultern sackten unwillkürlich nach unten, und er wandte den Blick ab. »Danke. Vielen Dank, dass Sie mir das alles so ausführlich erklärt haben, Dr. Untersee. Kümmern Sie sich gut um meinen Sohn«, bat er, als würde er sich für immer verabschieden. »Bitte entschuldigen Sie mich jetzt«, meinte er dann und erhob sich. »Ich werde Ihre monatlichen Rechnungen natürlich stets begleichen und einen Treuhandfonds für den Fall meines Ablebens einrichten.« Charles küsste seinen reglosen Sohn auf die Stirn und verließ gebeugt das Büro.

So faszinierend der Fall auch war, so sehr konnte Dr. Untersee auch das Leid des Vaters nachvollziehen. Sie sah ihm eine Weile durch die gläsernen Trennwände hinterher. Dann rief sie einen Pfleger, der Jonathan wieder in sein Zimmer bringen würde.

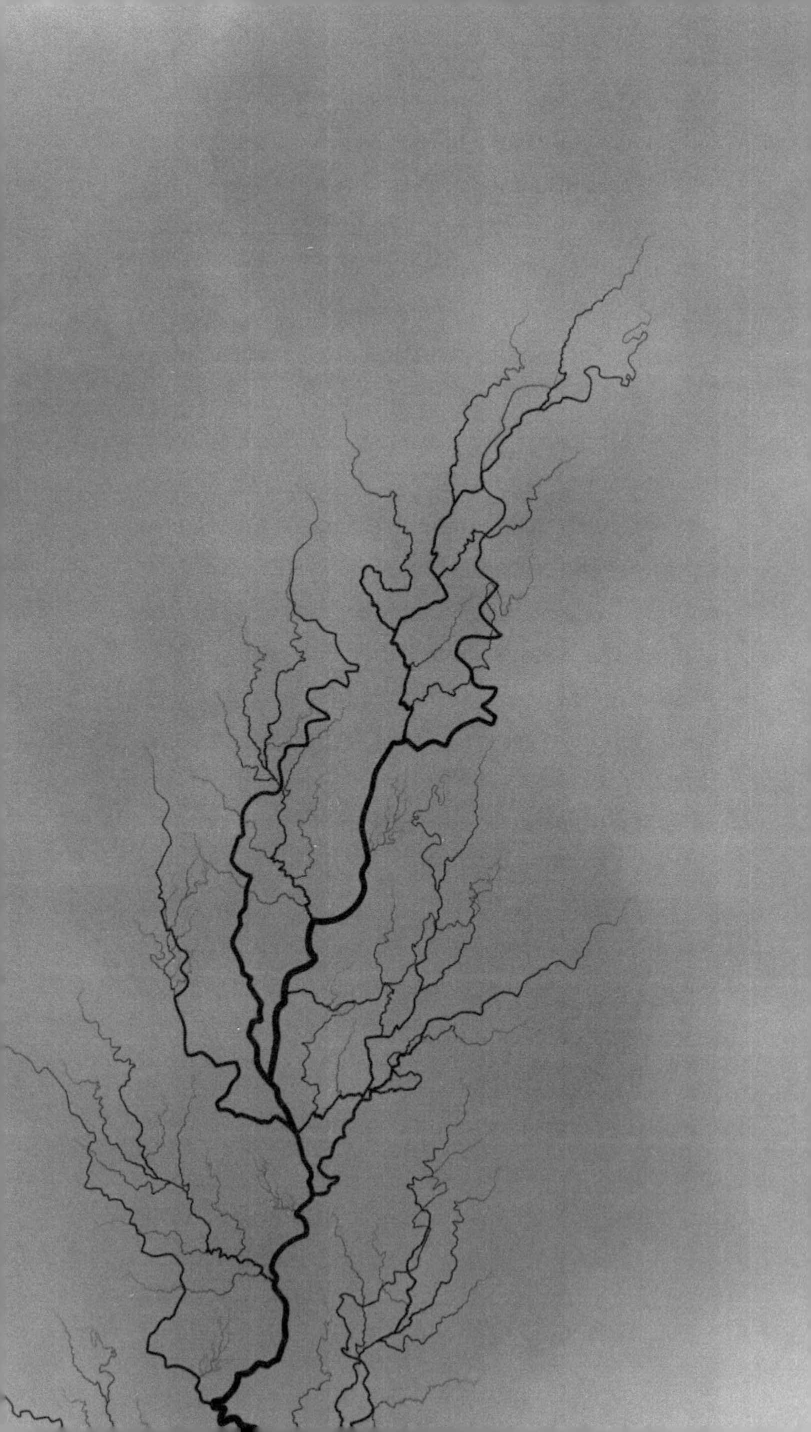

4. JACK

Um dem Gefängnis zu entgehen, hatte sie sich entschieden, eine psychische Krankheit vorzutäuschen und auf Unzurechnungsfähigkeit zu plädieren. Der geheime Bund, dem sie sich angeschlossen hatte, um ihr Haushaltsgeld aufzubessern, war einer Razzia zum Opfer gefallen. Sie war rechtzeitig geflohen, aber durch die Sache mit der Scheidung hatte man sie schließlich ausfindig gemacht und gefasst, noch ehe sie das Land hatte verlassen können.

Hier drin war sie jedoch sicher und konnte weiterhin zumindest einen Hauch von Reichtum genießen. Immerhin war die Behandlung in diesem edlen Etablissement nicht für jeden erschwinglich.

Das alles war nun vierunddreißig Jahre her. Jetzt tanzte Anna gelangweilt durch den Flur, als ihr ein Pfleger entgegenkam, der einen abgemagerten Mann im Rollstuhl vor sich herschob. Sie hatte den Patienten noch nie zuvor gesehen, und ihr Interesse war geweckt. Ein Neuzugang. Und doch: Als sie ihn genauer ansah, kam er ihr bekannt vor.

Sie stellte sich den beiden in den Weg, beugte sich hinunter und studierte das Gesicht des sabbernden Mannes. Er wirkte verwahrlost, ausgemergelt, eine völlige Ausdruckslosigkeit in seinen Augen. Sie hatte diese Leere schon einmal gesehen.

Anna erinnerte sich an den Blick ihres Sohnes, als sie ihn im Anschluss an seine erste Vermietung wieder mit nach Hause genommen hatte. Wenn sie sich recht entsann, hatte er sogar genau die gleiche Augenfarbe. Aber der Junge hatte einen kleinen Makel besessen: Im linken seiner graugrünen Augen war ein dunkler Fleck gewesen, der es hatte aussehen lassen, als laufe seine Pupille aus. Bei dem Patienten –

»Das kann nicht sein!«, rief sie laut und wich erschrocken zurück. »Das ist unmöglich!«

Der Pfleger hinter dem Rollstuhl wurde allmählich unruhig. Er kannte die Patientin gut genug, um zu wissen, dass verbale Zurückweisung bei ihr nichts brachte. So sprach er hinter vorgehaltener Hand in das Funkgerät an seiner Schulter.

»Du bist es! Du bist Jonathan!«, schrie Anna hysterisch. Dann überkam sie der Zorn, und ihre

Augen verengten sich. »Was machst du hier? Willst du mich auffliegen lassen? Mich ins Gefängnis bringen? Das lasse ich nicht zu!«

Das Gesicht ihres Sohnes blieb weiterhin ausdruckslos. Er starrte unbeteiligt durch sie hindurch.

»Hast du gehört? Sieh mich gefälligst an, wenn ich mit dir rede!«, schrie sie weiter auf ihn ein und verpasste ihm eine schallende Ohrfeige.

Zwei Pfleger bogen eilig um die Ecke, packten Anna unter den Schultern und schleiften sie fort. Während sie sich strampelnd gegen ihren Abtransport wehrte, sah sie ihren Sohn weiter an. Durch die zunehmende Entfernung zwischen ihnen mochte es sein, dass sie sich täuschte, doch es schien, als würde Jonathan ihren Blick erwidern.

DANKSAGUNG

Schon zu Ende?

Ja, richtig. Und weil diese Geschichte so kurz war, will ich dich jetzt nicht mit einer ewig langen Danksagung langweilen.

Also nur das Wichtigste, versprochen.

Zuallererst danke ich **meiner Familie**, das ist längst überfällig.

Danke für eure Unterstützung, mit der ihr meinen Weg als Autorin begleitet. Danke für euer Verständnis, das ihr mir und meinen Flausen tagtäglich entgegenbringt. Und ein ganz besonders großes Danke für eure Geduld, wenn es – wie so oft – doch wieder einmal später wird.

Weiterer Dank gilt **Ria Raven**, die dieses tolle Cover erschaffen hat, **Jana-Maria Hinrichsen**, die als Lektorin meine verworrensten Gedankengänge entwirrt und immer das Beste aus mir herauskitzelt, **Marie Graßhoff**, die mein Logo erschaffen hat, das ich so liebe, sowie **Stefanie Scheurich**, die meinen Zeilen den letzten optischen Schliff verpasst hat.

Der letzte und wichtigste Dank aber gilt **dir als Leser:in**.

Du hast dieses Werk gekauft und mir damit einen Vertrauensvorschuss gegeben. Ich hoffe, ich konnte deine Erwartungen erfüllen oder im besten Fall sogar übertreffen.

Wenn du dir nach dieser Kostprobe möglichst viel, schnell und langfristig neuen Lesestoff von mir wünschst, kannst du mich auf verschiedene Arten unterstützen:

Folge mir auf Instagram, empfiehl diese Kurzgeschichte weiter, oder halte deine Meinung in einer Rezension fest. Am meisten freue ich mich natürlich, wenn du begeistert bist, aber ich nehme mir auch konstruktive Kritik gern zu Herzen.

Und zu guter Letzt: Kauf meinen Debütroman. Mehr dazu findest du auf der letzten Seite. :)

CONTENT NOTE

Nachfolgend werden sensible und potenziell beunruhigende Inhalte dieser Kurzgeschichte aufgelistet, sowohl szenisch *explizit* geschilderte als auch nur erwähnte oder angedeutete.

Diese Liste wurde möglichst einfühlsam erstellt und soll dir eine selbstbestimmte Leseerfahrung ermöglichen.

Falls dir etwas in dieser Auflistung fehlt, schreib gern eine Nachricht an: write@lenacorina.com

- *Desorientierung (Bewusstseins-, Gedächtnis- und Koordinationsverlust)*
- Diskriminierung (Unterdrückung in der Ehe)
- *Dissoziative Identitätsstörung (Entwicklung und Betroffenheit)*
- *Drogen (Aussehen, Konsum, Missbrauch und Sucht)*
- Erbrechen

- *Erpressung (via Smartphone, mit Todesdrohung)*
- *Freiheitsberaubung (vorübergehend, an unbe-kanntem, dunklem Ort)*
- *Gewalt* (häuslich: erwähnt | *körperlich und psychisch: explizit, auch gegen Kinder*)
- *Kindesmissbrauch*
- *Kopfschmerzen und Migräne*
- *Kraftausdrücke (zeitgemäße Umgangssprache)*
- *Lähmung (ganzkörperlich)*
- *Menschenhandel*
- *Psychiatrie und psychiatrische Einrichtungen (Aufenthalt und Therapie)*
- *Persönlichkeitsabspaltung*
- Scheidung
- Tod (Vorsorge im Fall des Ablebens)
- Wohnungseinbruch

Bist du von einem oder mehreren dieser Themen aktuell betroffen oder in der Vergangenheit betroffen gewesen, zögere nicht, dir professionelle Hilfe zu holen.

Hier findest du die Telefonnummern einiger Anlaufstellen:

Österreich

Telefonseelsorge: 142
Rat auf Draht: 147
Ö3-Kummernummer: 116 123

Deutschland

TelefonSeelsorge: +49 800 111 0 111, +49 800 111 0 222, +49 116 123
Nummer gegen Kummer (Elterntelefon): +49 800 111 0 550
Drogennotdienst Berlin: +49 30 19237
Sucht- & Drogen-Hotline: 01805 - 31 30 31 (kostenpflichtig)

Schweiz

Die Dargebotene Hand: 143
Schweizerisches Rotes Kreuz: +41 58 400 41 11

ÜBER DIE AUTORIN

Lena Corina wurde 1992 in Salzburg geboren und bringt Geschichten zu Papier, seit sie schreiben kann. Bereits 2010 wurde sie mit ihrem ersten Literaturpreis ausgezeichnet.

Nach einem Umweg über die Rechtsbranche kehrte sie 2017 endgültig zur Kreativität zurück. Wenig später folgte die erste Veröffentlichung in einem Literaturmagazin.

Lena Corina ist eine geborene Nachteule, begeisterte Cineastin und überfürsorgliche Katzenmami, würde aber jederzeit auch einen Drachen adoptieren.

Ihr Herz schlägt für düstere Fantasy, ungeschönte (Historien-)Dramen und scharfsinnige Psychothriller. Dabei legt sie wenig Wert auf ein Happy End, vielmehr faszinieren sie tiefgründige Charaktere und intensive Szenen, die unter die Haut gehen.

Diese Vorlieben spiegeln sich auch in ihren eigenen Werken wider. Lena Corina schreibt, was sie selbst gern lesen würde – mit voller Hingabe.

Ab Herbst 2023

Verlangen entgegen der Sitte,
Leidenschaft gegen jede Vernunft,
Liebe im Kampf mit Intrigen und Hass.

Luisa weiß so gut wie nichts über ihre Herkunft. Als Mündel eines wohlhabenden Geschäftsmannes weigert sie sich, eine arrangierte Ehe einzugehen. Damit sie die Härte eines einfachen Lebens kennenlernt, schickt ihr Ziehvater sie auf die Farm seines Schwiegersohns – jenen Ort, an dem Luisa als Baby ausgesetzt wurde.
Über den Dächern des viktorianischen Londons begegnet Luisa ihrem Schicksal und verschenkt waghalsig ihr Herz.
Ihre folgenschwere Wahl verspricht jedoch nicht bloß Leidenschaft und tiefe Gefühle, sondern zieht Luisa ins Zentrum eines gefährlichen Netzes aus Obsession und Intrigen.
Als der Kampf um die Liebe in einer Katastrophe zu enden droht, tritt Luisas Vergangenheit auf den Plan. Doch die Enthüllung ihrer wahren Identität birgt eine noch größere Gefahr ...

Der Auftakt zur *Opfer-der-Tugend*-Serie

Weitere Infos unter:
lenacorina.com